2331 LES
GALANS
RIDICVLES,
OV LES AMOVRS
DE GVILLOT
ET DE RAGOTIN.

Comedie representée sur le Theatre Royal du Marais.

G. D.
23312

A PARIS,

Chez PIERRE BIENFAIT, deuant
la Sainte Chapelle à l'Image
Saint Pierre.

1662. M. DC. LXII.

Auec Priuilege du Roy.

A MADMOISELLE

M. M.

ADMOISELLE,

 Il faut que ie vous auoüe que iamais homme ne se trouua plus embarassé que ie le fus, lors que i'entrepris de vous adresser cette Comedie, parce que vous la donner c'est la donner à tout le monde, & que vous meritez sans

doute quelque chose de plus particulier, n'ayant rien en vous que de fort extraordinaire, estant incomparable en tout comme vous estes : Cependant ie me trouue contraints de faire comme les plus grands hommes ont fait, qui faisant imprimer leurs escrits, ce qui les rends communs à tous, se sont tousiours seruy des termes de, ie vous les offre, ie vous les donne, ie vous les dedie, ie vous les consacre, comme si ne les eussent donnés qu'à vne seule personne, & pourtant vous voyés que c'est en faire vn present à toute la nature, c'est pourquoy i'aurois bien voulu trouuer quelque autre moyen, afin que cette Comedie pût estre à vous seule : Outre que i'aurois eu bien de la ioye qu'il n'y eut eu que vous à vous railler de moy & de mes ouurages, sans estre encor exposé à la censure de tout le monde, mais ce qui me console en cecy est, que ie me suis raillé de moy-mesme le premier, ainsi cela ne me surprendra point ; peut-estre me direz-vous que ce que ie dis est ridicule, i'en demeureray d'acord,

EPISTRE.

& comme ma piece se nom-
me les Galans Ridicules, ie
pretends que tout s'ensuiue, &
que l'Espitre ne déroge point à
l'ouurage; Au reste si les Co-
medies sont bonnes quand elles
font rire, ie puis dire que cel-
le-cy n'est pas mauuaise: mais
comme quelquefois ces sortes de
choses excitent à rire à force
d'estre meschantes, ie ne sçay
ce que i'en dois croire, quoy
qu'il en soit, ie vous la donne comme si elle estoit meilleu-
re, vous asseurant que si i'eus-
se pû faire vn chef-d'œuure il
vous eust esté presenté auec au-

EPISTRE.

rant de zele & d'affection que cette petite piece vous est offerte par

Vostre tres-humble, & tres-
obeissant seruiteur,
CHEVALIER.

D'emportement, de barbarie,
Le pere de ce digne obiet
Ma sçeu quereller sans suiet,
Quand i'esperois par mon homage
Cette merueille en mariage,
Bien loin d'auoir cette beauté
Tu voy comme il ma rebuté,

BEATRIX.

Leandre i'ay veu cette chose
Mais enfin qu'elle ne vous cause,
Aucun suiet d'estre allarmé
Estant parfaitement aimé,
Car vous sçaués que ma maistresse
A pour vous beaucoup de tendresse,
Donc au lieu de vous affliger
Songés à ne rien negliger,
Pour trouuer les moiens de plaire
A cet esprit boutu de pere,
Et dedans ce moment fatal.
Faites le bien contre le mal,
Lors qu'il vous monstre son caprice
Tachés à luy rendre seruice,
Espiés en l'occasion
Par fois vne belle action,
Donne aux choses vne autre face,

LEANDRE.

Ah! Beatrix ie te rends grace,
Oüy depuis que tu m'as parlé
Ie me treuue vn peu confolé,
Ie vay dont faire mon poffible
Pour feruir ce pere infenfible,
Cherchant s'il fe peut le moyen
De faire de mon mal vn bien,
Toy Beatrix, pres de ma belle
Iufqu'à la fin fois moy fidelle,
Moy ie feray de mon cofté

BEATRIX.

Ne foyés plus inquieté,
Et mettiez en repos voftre ame
Vous l'aurés auioud'huy pour fem-
    me,
Mais quelqu'vn s'en vient en ce lieu
Faites ce que i'ay dit.

LEANDRE.   à dieu.

SCENNE II.

GVILLOT, RAGOTIN.

RAgotin l'amour me tourmente
Ie brule d'vne flame ardente,
Depuis que certain œil vainqueur
A mis le feu dedans mon cœur,
En vn mot c'est l'œil d'Angelique
Qui me perturbe & qui me pique,
Oüy ce petit fripon d'obiet
A pris mon ame au trebuchet,

RAGOTIN.

Il est vray qu'Angelique est belle
Mais vous n'estes par moins beau
  qu'elle

GVILLOT.

Et bien Ragotin que dis-tu
De l'habit dont ie suis vestu,
La petite oye est elle belle
Pour empomer la Damoiselle,
Et croy tu qu'auec tant d'apas

La

La droleſſe n'en tienne pas,
Le Comte de la Guillotiere
Luy va donner dans la viſiere,
Et d'abort qu'elle me verra
Dieu ſcayt ſi l'amour la prendra,
De meſme qu'il ma bien ſceu prendre
Mais peut on reſiſter au tendre,
Ce diable de tendre eſt facheux
Et qui s'en pare eſt bien heureux,

RAGOTIN.

Pour moy ie croy que qui s'en pare
Poſſede vn ſecret grand & rare,
Et ſi le pauure Ragotin
S'en paroit, Il ſeroit bien fin,

GVILLOT.

Quoy le meſme mal te tourmente,

RAGOTIN.

Monſieur i'en tiens pour la ſuiuante,
Et cette traiſtreſſe aux yeux doux
A mis auſſi le feu chés nous,

GVILLOT.

Nous voila donc bien à noſtre aiſe
Moy tout de feu, toy tout de braiſe
Nous ne chercherons point l'Enfer
A deſſein de nous y chauffer,
Ie croy que nos ardeurs extremes

B

Confommeroientles diables mefmes,
Et qu'en nous voyant ces demons
Se transformeroient en charbons,
Mais qu'ils bruflent qu'ils fe rotiffent
Qu'ils confomment, qu'ils s'englou-
  tiffent,
Qu'ils gelent qu'ils foiét tout glaçons
Tout cela i'en dis, des chançons,
Pourueu que ma chere maiftreffe
Montre pour moy quelque tendreffe,
Et que la belle à mon abort
Puiffe eftre auecque moy d'açort,
Car i'aurois l'ame mal contente
Si ma femme eftoit difcordante,
Ainfi pour nous bien accorder
Il faut que tu l'aille aborder,
Voy donc ce qu'il faut que tu faces
Pour me mettre en ces bonnes graces,
Va t'en luy dire de ma part
Que c'eft & fans fainte & fans fart,
Que le braue & l'illuftre Comte
En tient pour elle pour fon Comte,
Que quand nous nous affemblerons
Qu'enfemble enfin nous conterons,
Et que pour la faire Conteffe
Ie viens la voir auec viteffe,

Quelle sçait si fort esclater
Que ie ne puis ou mieux conter,
Si bien que ie veux quelle conte
Auec moy sans aucune honte,
Car en ne voulant pas conter
Ie pourrois bien me mesconter,
Par ce qu'en contant sans son hoste
Bien souuent l'on se trouue en faute,
C'est pourquoy l'on dit d'vne voix
Que sans hoste on conte deux fois,
Ie veux donc conter auec elle
D'vne façon toute nouuelle,
Puis que c'est vn conte amoureux
Qu'il nous faudra vider tout deux,
Va la voir pour me satisfaire

   RAGOTIN.

Moy Monsieur i'ay mon conte à
 faire,
Depuis que ie suis auec vous
Ie n'ay pû receuoir deux souls,

   GVILLOT.

Tu te plains la Ragotiniere

   RAGOTIN.

Oüy Monsieur de la Guillotiere,

   GVILLOT.

Ie conteray ie te promets

     B ij

RAGOTIN.

Oüy, mais vous ne payés iamais,
Vous contés auec grand delice
Mais payer n'eſt pas voſtre vice,

GVILLOT.

Ragotin tu me fais affront.

RAGOTIN.

On fait payer à qui reſpont
Ne reſpondés pas dauantage

GVILLOT.

Va t'en donc faire le meſſage
Dont n'aguere ie t'ay prié.

RAGOTIN.

I'iray quand vous m'auray payé.

GVILLOT.

Ragotin voy que ie m'enflame
Veux tu laiſſer griller mon ame,
Parmy mille brulants tranſports
Qui me vont fricaſſer le corps,

RAGOTIN.

Voſtre amour n'eſt pas plus ardente
Que la mienne eſt pour la ſuiuante,
C'eſt pourquoy rottiſſons, grillons,
Conſommons, bruſlons, petillons,
Que tout le feu de la nature
Tombe deſſus noſtre freſure,

Quand nous deuiend ions plus sects
Que les harans les plus sorets,
Qu'amour nous reduiroit en poudre
Vous ne me pourriez pas resoudre,
A rien faire qu'ayant mon fait

GVILLOT.

Ah, quel obstiné de valet,
Il nous laisseroit tous deux cuire
Tous deux secher & tous deux frire,
Si ie ne le rendoit content
Il faut luy donner de l'argent,
Tien Ragotin voila tes gages

RAGOTIN.

Maintenant pour touts vos messages,
Vous n'aués qu'à me commander

GVILLOT.

Va dont promptement aborder,
La voleuse de ma franchise
Car la brigande me la prise,
Enfin tu luy feras sçauoir
Que ie suis tout gros de la voir,
Tient donc toute preste ta langue
A luy faire cette harangue,
Heurte à sa porte la voila

RAGOTIN.

Hola belle Angelique hola,

SCENNE III.

BEATRIX,

Que vous plaist il de ma maisttesse
RAGOTIN.
Ie voudrois luy parler traitresse,
BEATRIX.
Pourquoy m'appeller de ce nom
RAGOTIN.
Excuse moy petit tendron,
Malade de ma maladie
On peut bien dire vne folie,
Et de la dire i'ay bien lieu
Puis qu'vn petit Diable de Dieu,
Cet amour où plustost ce traitre
Ma fait en te voyant paroistre,
Apeller de cette façon
Comme il vse de trahison,
Quel la filouté le cœur nostre
Ie vous auoit pris l'vn pour l'autre,
Tu resemble à ce friponneau

Tout ainſi que deux goutes d'eau,
Mais loin de t'appeller traiſtréſſe
Ie te veux nommer ma deeſſe,
Belle deeſſe mon ſouçy
Fais venir ta maiſtreſſe icy,

BEATRIX.

Mais pourquoy, que veux tu luy dire?

RAGOTIN.

Pour luy declarer le Martire,
De Monſieur le Comte Guillot
Dont ie ſuis le valet Ragot.

BEATRIX.

Le Comte de la Guillotiere

RAGOTIN.

Oüy.

BEATRIX.

I'y vay la Ragotiniere,
Madame on vous demande en bas.

❧❧❧❧❧❧ ❀ ❧❧

SCENNE IV.

ANGELIQVE, BEATRIX.

RAGOTIN.

MAlle peſte qu'elle à d'apas,
Ma foy la maiſtreſſe me tente

Tout autant comme la suiuante,
Et quand ie les vois toutes deux
Ie ne sçais ou porter mes veux,
Contentons nous de la Soubrette
La maistresse est sans doute faite,
Pour mon Maistre il la doit auoir
Sa faisons dont nostre deuoir,
Madame si mon éloquence,
Ce desploye en vostre presence,
C'est que mon Maistre est de vos
   yeux
Comme de vous fort amoureux,
Mais c'est vn amour sans semblable.
Il vous aime comme le diable ;
Il dit qu'il vous possedera
Ou que Belsebu vous aura,
Et qu'en fin s'il ne vous possede
Qu'il s'en va pour dernier remede,
Se precipiter loin de vous
Entre deux draps de lin bien doux,

      ANGELIQVE
Pourquoy dire cette sotise

SCENNE V.

ANGELIQVE, BEATRIX.

RAGOTIN.
GVILLOT. *sort du*
coin du teatre ou il estoit caché

MA belle excusez la franchise,
Ragotin venoit en ce iour
Pour vous descouurir mon amour,
Mais sa mal adroite personne
Ne sçait pas comme l'on raisonne,
Car alors qu'il faut raisonner
Il faut bien ratiotiner,
Et quand bien l'on ratiotine
La raison en est bien plus fine,
Ainsi raisonnant comme il faut
On na le raisonnement haut;
Or donc la raison raisonnante
D'elle mesme est fort eloquente,

Et comme enfin cette raison
N'a rien en elle que de bon,
Concluons qu'eſtant admirable
La raiſon eſt bien raiſonnable,

RAGOTIN *chantant*

Et concluons par nos raiſons
Qu'il faut quitter l'eau de la Seyne.
Pour les bateaux & les poiſſons,

GVILLOT.

Ragotin voulés vous vous taire?

RAGOTIN.

Que chacun face ſon affaire,

GVILLOT.

Rare obiet qui me perturbez

RAGOTIN.

Oeil coquereau qui m'enbourbez,

GVILLOT.

Ie te deffens de plus rien dire

RAGOTIN.

Ie veux declarer mon martire,

GVILLOT

Finirés vous bien toſt Ragot?

RAGOTIN,

Monſieur parlés a voſtre eſcot,
Ie parle icy des amour noſtres
Vous pouués la parler des voſtres,

Vous en aués permiſſion
Pouſſés donc voſtre paſſion,
Moy ie m'en vay pouſſer la mienne
Ah, s'il faut qu'vn iour ie te tienne...

GVILLOT.

A la fin ie me faſcheray
Ragot ie vous eſtrilleray,

BEATRIX.

Tay toy, laiſſe parler ton Maiſtre

GVILLOT *à Angelique*

Pardonnés ſi i'oſe paroiſtre,
A vos yeux les plus grands fripons
Et d'amour les plus grands tiſons,
Qui ſoient dans le reſte du monde
Ils m'ont ou ie veux qu'on me tonde,
Emmoutaché d'vne façon
Que i'en ay l'ame au courtboüillon,
Le pauure foye à la compotte
La freſure à la matelotte,
Et le cœur en vn tel ragouſt
Qu'il peut contenter voſtre gouſt,
Vous eſtes, ie me donne au diable
Vne perſonne incomparable,
Et la nature ſur ma foy
Vous a faité digne de moy,
Ah, trop aimable pecchereſſe

Si vous deuenés ma Maistresse,
Qu'en satisfaisant mon desir,
Vous m'alés donner de plaisir,
Car vous aués vne prestance
Qui porte à la concupiscence,
D'abort que ie vois vos apas
Vous me mettés dans des estats,
Mais des estats si pitoiables
Qu'en voyant vos yeux adorables,
I'en serois quitte à bon marché
Si i'en sortois pour vn peché.
Vos yeux m'ayant mis de la sorte
Ont causé qu'icy ie m'aporte,
Pour voir si vous trouuerez bon
Que nous fassions conionction,
En mariant nos deux personnes
Respondés la bonne des bonnes,

ANGELIQVE *bas le*
(*premier vers*

O le ridicule Amoureux
Monsieur i'a prouue fort vos eux,
Mais comme ie despens d'vn pere
Ie le faut voir pour cette affaire,
Ie pense qu'il s'en vient icy
Dieu me garde d'vn tel mary,
SCENNE

SCENNE VI.

GVILLOT, RAGOTIN,
ANGELIQVE, BEATRIX,
LE DOCTEVR.

ALlons chez nous bonne hipocrite
Vous aussi bonne chatte mitte,
Qui ne faite, que mugueter
Que iazer & que quoqueter,
Quaquet bon bec poulle à ma tante
Et la maistresse & la suiuante,

SCENNE VII.

GVILLOT, RAGOTIN.
LE DOCTEVR.

ET bien que vous plaît il Monsieur

C

GVILLOT.

Ie suis venu braue Docteur ----

LE DOCTEVR.

Ie suis venu, c'est vne fraze
Qui met mon ame dans l extaze,
Car vous ne pouuiez estre icy
A moins que d'y venir aussi,

GVILLOT.

Vous sçaurés que ce qui m'ameine

LE DOCTEVR.

Sçachés auant que ie l'aprenne,
Que c'est fort bien dit vous sçaurés
Vous oyrés, vous escourés,
Par ce que pour faire comprendre
Il faut auant ce faire entendre,

GVILLOT.

Entendés moy dont s'il vous plaist

LE DOCTEVR.

Tout incontinent i'y suis prest,
Mais souffrés que ie vous aduouë
Que vous merités qu'on vous louë,
Quand vous demandés humblement
Audiance pour vn moment,
S'il vous plaist est vn si beau terme
Que ie vous entens de pied ferme,

GVILLOT.

Monsieur ie vay dont commencer

LE DOCTEVR.

Auant que plus outre paſſer,
Vous permettrés que vous die
Que ce mot à grande energie,
Ne dit on pas communcment
Telle fin tel commancement,
Vn commancement admirable
Et ſuiuy d'vne fin ſemblable,
Donc on ne doit commancer rien
Qu'à deſſein de le finir bien,
Et de plus iamais éloquence...

GVILLOT.

Permettrés vous que ie commance ?

LE DOCTEVR.

Oüy Monſieur ie vous le permets ?

GVILLOT

Ne commenceray ie iamais ?

LE DOCTEVR.

Commencé dont voſtre harangue

GVILLOT.

Que le Diable emporte ta langue ?

LE DOCTEVR.

Commenceray vous voſtre point

GVILLOT.

Et toy ne finiras tu point,
Comment veux tu que ie commence,
Si tu trouble mon eloquence,

LE DOCTEVR.

Ie preste silence, parles

GVILLOT.

Sçachés que mes sens sont brulés
Aprenés.----

LE DOCTEVR,

Comment que i'aprenne,
Esprit grossier ame mal seine,
Aprenés, ne sçay tu pas bien
Qu'vn Docteur n'ignore de rien,
Que toutes les plus rares choses
Dedans moy sont toutes encloses,
Que ie passe chez les sçauans
Pour vn miracle de mon temps,
Qu'il n'est point d'esprit qui necede
Aux sciences que je possede,
Dont sçachant tout de bout en bout
Qui dit Docteur veut dire tout,
Et tu me vient dire d'aprendre

GVILLOT.

Ah, que ne te puis ie voir pendre,
Ie vous veux dire que l'amour

Est cause - - - -

LE DOCTEVR.

Que tu vois le iour,
Que par luy seul tu tien ton estre
Que sans luy tu ne pouuois naistre,
Que c'est luy qui nous fait aimer
Qu'il sçay l'art de nous emflamer,
Et qu'encor qu'il ne voye goure
Il nous sçay conduire à la route,
Qu'il faut suiure pour les plaisirs
Animant nos plus chers desirs,
Il fait palpiter nostre foye
Il meine au seiour de la ioye,
Enfin par ce diuin enfant
On ce voit souuent triomphant,
De l'aimable obiet qui nous charme
Et pourtant luy seul nous desarme,
Et quand on se voit triomphant,
On ne le doit qu'à cette enfant,
Oüy cet aueugle qui nous guide
Donne de l'esprit au stupide,
Il fait que le plus ignorant
Pres d'vne maistresse est sçauant,
Et qui rend toutes nos parolles
Plaine d'illustres hiperbolles,

GVILLOT.

Ah, cest trop hiperboliser
Ie m'en vois a mon tour iazer,
Scachés que la belle Angelique.

LE DOCTEVR.

Si c'est sa beauté qui vous pique,

GVILLOT.

Comment dont ie ne diray rien
L'amour -- -- --

LE DOCTEVR.

Ainsi qu'il fait du bien,
Il fait du mal & de la peine
Et met nostre cœur à la gene,
Il porte nos intentions
Souuent aux basses actions,
Il nous presente des abimes
Qui nous font tomber dans les cri-
    mes,
Et bien souuent nous y tombons
A lors que moins nous y pensons,

GVILLOT

Parleras-tu toute ta vie,

LE DOCTEVR.

Non ma frase est bien tost finie,
Ie ne vous diray plus qu'vn mot
Scachés braue Comte Guillot -- -- --

GVILLOT
Scachés Docteur qui n'en ſçay guerre
Que ta langue eſt vne harangere,
LE DOCTEVR
Scachés ....

GVILLOT.
Ie ne veux rien ſçauoir
LE DOCTEVR
Voyés donc ....

GVILLOT
Ie ne veux rien voir,
LE DOCTEVR.
Comprenés ....

GVILLOT
Ny meſme comprendre
LE DOCTEVR.
Aprenés ....

GVILLOT
Que peux tu m'aprendre,
LE DOCTEVR
En toutes choſes d'exceller

GVILLOT
Boureau ie ne veux que parler,
LE DOCTEVR
Parlés ie ſuis tout preſt d'entendre
C iiij

GVILLOT.

I'atens- - - - -

LE DOCTEVR.

Vous pouués tout attendre,

GVILLOT

I'espere- - - - -

LE DOCTEVR.

Esperés tout de moy

GVILLOT

Croyés- - -

LE DOCTEVR.

Fort aisement ie croy,

GVILLOT.

Pensés- - - - -

LE DOCTEVR.

Ie sçay ce que ie pense

GVILLOT.

Donnés- - - - - -

LE DOCTEVR.

Ie vous donne audiance,

Ainsi que vous l'aués voulu,

GVILLOT.

Dit moy traistre as tu resolu,

De m'estourdir en cette place

LE DOCTEVR.

Enfin mon silence se lasse,

Vous parlés trop Monſieur Guillot

GVILLOT.

Ie veux -----

LE DOCTEVR.

Vous ne diray plus mot,
Il faut qu'à mon tour ie m'explique

GVILLOT

I'aime voſtre fille Angelique,

LE DOCTEVR

Quoy c'eſt l'obiet de vos ſouhaits
Touchés, vous ne l'auray iamais.

SCENNE VII.

RAGOTIN

GVILLOT

Nous voila bien dans nos af-
faires,

RAGOTIN

Nos maux ſont extraordinaires
Iamais ie ne vis tel parleur,

GVILLOT

Ah ! quel enragé de Docteur,
Et quel grand cracheur d'epigrâme
Il ma pensé vomir son ame ,
Au nez dans son chien d'entretien ,
Pour vn Docteur qui ne sçay rien ,
Il fait valoir vne sotise
Comme vn Docteur qui doctorise ,
Mais pourtant en doctorisant
Il ma rendu fort mal content ,
Le diable emporte sa doctrine
Luy mesme & sa maudite mine ,
De m'auoir ainsi refusé
L'obiet dont ie suis embrasé ,
Et celle ou tout mon soin s'aplique

SCENNE VIII.

Le Baron de la TOPINIERE,
TARASQVIN, GVILLOT,
& RAGOTIN.

LA TOPINIERE.

OVy i'ayme l'illustre Angelique,
Et quiconque en aprochera

Il est certain qu'il perira,
Ie m'en vay luy couper la trame
Et puis ie luy mangeray l'ame,
          GVILLOT se cachant.
Ou me suis. ie venu fourer
          RAGOTIN.
Monsieur on nous va deuorer,
Nous sommes à la boucherie
          LA TOPINIERE.
Si quelqu'vn dedans ma furie,
Ose se presenter à moy
Sans doute il en mourra d'effroy,
Me voila dedans vne rage
Qui va faire de tout carnage,
Où sont ils tous ces amoureux
Qui cherchent l'obiet de mes yeux,
Afin que sur eux mon espée
Atrape sa franche lipée,
          TARASQVIN.
Mais qui s'oseroit presenter
A vous qui sçauès tout dompter,
          LA TOPINIERE.
Le Comte de la Guillotiere
Esprouuera mon humeur fiere,
          TARASQVIN
Pour Monsieur son valet Ragot

Ie luy veux couper le gigot,
Et le mettre sur la litiere

RAGOTIN

Adieu pauure Ragotiniere,
Quel horible coupe iaret

GVILLOT.

Ragot tel Maistre tel valet,

LA TOPINIERE.

Qui va-la,

RAGOTIN.

Monsieur ie trepasse

LA TOPINIERE.

Allons viste faisons mains basse,
Tuons tout, massacrons, brisons,
Rompons, cassons, exterminons,
Esgorgons, mettons tout par terre
Liurons à tous amans la guerre,
Ie veux d'vn regard plain d'horreur
Les immoler à ma fureur,
Que la moindre de mes conquestes
Soit d'abattre cent mille testes,
De couper & iambes, & bras
Ce sont là mes petits combas,
Mon courage estant sans mesure
Ie deffais toute la nature,
Quand ma valeur lance ces traits

Et

Et quand ie veux ie la refais,
Mais quelque vaillant qu'on puisse
  estre
L'amour est tousiours nostre Maistre,
Puis qu'on se rend ou tost ou tart
A ce petit chien de Bastart,
Voy donc celle qui tient mon ame
Dis luy que son aspect m'enflame,
Et que ie ne puis viure heureux
Qu'alots que ie vois ces beaux yeux,
Son port, son air, sa bonne mine
Cette douceur qui m'assassine,
Enfin tous ses charmes diuers
Qui font que ie suis dans ces fers,
Va voir si la belle est visible
Mon cœur est percé comme vncrible,
De la pointe de ses atraits

TARASQVIN *l'appellant*
Hola miracle des obiets,
        ANGELIQVE.
Que veut on.
        TARASQVIN.

Beauté printanniere
Le Baron de la Topiniere,
Desire vous voir vn moment

                    D

SCENNE IX.

ANGELIQVE

IE vais à luy presentement,
LA TOPINIERE
Aprochés doux charme des charmes
Comme on vous doit rendre les
armes,
Le fenix de tous les guerriers
Vient mettre à vos pieds ses lauriers,
Mon bras plus craint que le tonnerre
Ma sceu gagner toute la terre,
I'ay tout soûmis à mon couroux
Il ne reste donc plus que vous.
Mais vostre beauté sans seconde
Est plus forte que tout le monde,
Pourtant telle que vous soyés
Il faudra que vous sucombiés,
Car me voyant la plus cruelle
Peut dire quelle en là dans l'aille,
Iugés donc si vous en rendrés

Dés que vous me regarderés,
ANGELIQVE
Ie me donnerés bien de garde.
De vous, quoy que ie vous regarde,
Euffiés vous cent fois plus d'apas
Baron vous ne me tenés pas.

SCENNE X.

GVILLOT, RAGOTIN
TRRASQVIN, la TOPINIERE

GVILLOT.

IE crains qu'il ne quitte pas pri-
se
LA TOPINIERE.
Ie crains icy quelque surprise
TARASQVIN
Ie crains quelque coups de baston,
GVILLOT
Euitons la contufion,

S'il se peut en faisant le braue,

RAGOTIN.

Songés que ie suis vostre esclaue,
Et que si vous faites le sot
A Dieu, vous & vostre Ragot,
Ce Baron de la Topiniere
Est vn rude traine rapiere,
Nous aurons icy du qu'as tu

GVILLOT.

Tu ne seras iamais batu,
En la presence de ton Maistre

RAGOTIN.

Vous fuirés des premiers peut estre,

GVILLOT.

Tu m'as bien la mine ie croy
De fuir aussy tost comme moy,

TARASQVIN.

Ah, Monsieur le Baron ie tremble
Et croy que nous tremblons en-
    semble,

LA TOPINIERE.

Ie ne tremble pas mais i ay peur
Ah, que n'ay ie vn peu plus de cœur,

GVILLOT.

Que n'ay ie vn peu plus de courage
L'on me verroit faire carnage,

TARASQVIN.
Pour éuiter ces carnaſſiers
Ie m'en vay fuir tout des premiers,
LA TOPINIERE.
Ne croy pas qu'icy ie demeure
Ie vay fuir auſſi tout à l'heure,

SCENNE XI.

RAGOTIN.

DE peur par moy d'eſtre aſſailly
Comme il ont hapé le tailly,
GVILLOT
Quand on voit ma mine cruelle.
RAGOTIN.
Ils ont enfillé la venelle,
Mais s'ils reuenoient ſur leurs pas
GVILLOT.
Ie croy qu'il ne reuiendrons pas,
Que ferons nous?
RAGOTIN.
Ie viends d'aprendre

Que Monſieur le Docteur eſt ten-
  dre ,
Sur l'article de bien chanter.
Il faut donc l'experimenter,
Chantant tous deux comme des an-
  ges
Faiſant d'admirables meſlanges,
De nos voix, pour toucher le cœur
De ce vieil barbon de Docteur,
Peut eſtre que noſtre muſique
Vous pourra gagner Angelique,
Cherchons donc vn air, prompte-
  ment
Et chantons methodiquement,

GVILLOT.

Mais quel air dirons nous, regarde

RAGOTIN.

Monſieur nous dirons la guinbarde,

GVILLOT.

Que veux tu dire eſprit bouru

RAOGTIN.

Nous dirons donc l'enturlu,

GVILLOT

N'en ſçay tu pas vne délite

RAGOTIN. *dit l'air de*
toutes les chanſons qui nomme

N'aués vous point veu Marguerite,
GVILLOT.
Tu ne sçay point d'autre chançon
RAGOTIN.
Disons, helas Iean helas don
GVILLOT
Va ta forte fieure quartaine
RAGOTIN.
Ou bien, turlututu renguene,
GVILLOT
Ragot vous me desplaifés fort
RAGOTIN.
Leandre estoit dessus le bort,
GVILLOT
Sont cela des chanfons nouuelles
RAGOTIN
Les plus vieilles sont les plus belles,
Mais vous ne trouués rien de bon
Voulés vous vn quand dira ton,
GVILLOT
I'en veux vne toute nouuelle
RAGOTIN
Qui est celuy la qui m'apelle,
GVILLOT
Il faut qu'il ait l'esprit perdu

RAGOTIN

Ah, i'en scais vne d'vn pendu,
Qui va bien estre vostre affaire

GVILLOT

Ragot si tu ne te veux taire,
Ie te donneray mille coups

RAGOTIN

Petite brunette aux yeux doux,

GVILLOT.

Tu ne te tairas pas, i'enrage

CALOTIN

Ie n'en diray pas dauantage,

GVILLOT

Laisse moy parler vn moment

RAGOTIN

Autant en emporte le vent,

GVILLOT

Chanter encor ame indiscrette

RAGOTIN

L'autre iour dame Guillemette

GVILLOT

Le traistre est aussi grand chanteur
Que le Docteur est grand parleur,
Va que la tempeste t'entraisne
Docteur de la Samaritaine,
Sans toy i'auray bien la vertu

D'en faire vne belle impromptu,

RAGOTIN.

Nous la chanterons donc ensemble

GVILLOT

Tu ne dis pas si bon me semble,

RAGOTIN

Il vous semblera bon ou non
Ie veux estre de la chanson,

GVILLOT

Attens, ie croy que i'en tiens vne

RAGOTIN

Elle ne sera pas commune,

GVILLOT

Tu n'as qu'a me suiure Ragot

RAGOTIN

Commancez donc le premier mot,

GVILLOT *commence la
moitié du couplet seul, & Ragotin
& luy le chantent ensemble.*

GVILLOT.

Chançon.
Chere friponne d'Angelique
Mouche quoquine qui me pique,
Vous aués excroqué mon cœur
Escornifleuse de mon ame
Obiet aimable suborneur,

Il faut que Guillot vous entame,
RAGOTIN.
Nous venons de chanter la voſtre
Chantons donc s'il vous plaiſt la
noſtre,
GVILLOT.
Allons Ragotin ie le veux
RAGOTIN.
Ah, ie la tiens par les cheueux,
Ie commence ſi bon vous ſemble
Et puis nous chanterons enſemble,
*RAGOTIN en dit la moitié
ſeul, puis il la diſent enſemble.*
Vous aués ma Beatrix
Plus de puſſes qu'vn chat gris,
Et ſi vous ne m'aimiés bien
Par ma foy ie vous ſouhaite,
Bien toſt la galle de chien.

SCENNE XII.

LA TOPINIERE, TARASQVIN,

LA TOPINIERE.

Il faut qu'ils meurent tout de bon
RAGOTIN.
Voicy bien vn autre chanſon,
Monſieur ſouffrés que ie reculle
Ie vous laiſſe faire l'erculle,
GVILLOT.
Ragotin ne me quitte pas
RAGOTIN.
Monſieur ie crains trop le trepas,
Permettés moy que ie m'en aille
GVILLOT.
Ie crains auſſi cette canaille,
LA TOPINIERE.
Commençons par le Sieur Guillot
Et nous finirons par Ragot,

GVILLOT

Ragotin mettons nous en garde

RAGOTIN.

Moy Monsieur helas ie n'ay garde,

LA TOPINIERE.

Nous allons auancer nos iours

TARASQVIN.

Ie vays apeller au secours,

RAGOTIN

Monsieur ie vay crier à l'aide
Au meurtre, vn Diable nous possede,

LA TOPINIERE

Quelqu'vn, à la force, au voleur

SCENNE XIII.

LE DOCTEVR

Qvi peut causer cette rumeur,

GVILLOT.

Ce drolle qui veut vostre fille
Mais il faut qu'icy ie l'estrille,

LA

LA TOPINIERE *par deſſus*
le Docteur

Ce n'eſt rien qu'vn quoquin Monſieur

GVILLOT *par deſſus le*
Docteur

C'eſt vn archy faquin Docteur,

LE DOCTEVR

La demonſtration m'outrage
N'en faites donc pas dauantage,

LA TOPINIERE *par deſſus*
le Docteur

Laiſſés moy luy couper les bras

GVILLOT *tout de meſme*

Ie vay mettre ſa teſte à bas,

LE DOCTEVR *appellant à luy*

On me moleſte on m'outrecuide
Mes gens à moy l'on m'omicide,

RAGOTIN.

Helas où nous foureronſ nous

TARASQIN.

Nous alons auoir mille coups,

E

SCENNE XIV.

LEANDRE

Qvi fait ce bruit quel tintamare:
Ah, vous aurés cent coups de
batre,
Ie vous fracasseray les bras

Il parle aux Amans Ri-
dicules & les frape,
Les Galans Ridicules
s'enfuiant disent:

Que nous ne vous attendons pas,

LE DOCTEVR

Comme ils gagnent tous la guerite
Celuy qui les dobe est d'elire,

LEANDRE

Comment, estre perturbateurs
De ce grand Docteur des Docteurs,

LE DOCTEVR

Mais qui vange la mon offence

LEANDRE

Quoy s'adreſſer à la ſcience,
O dieux qu'elle temerité

LE DOCTEVR

Vous que i'ay tantoſt rebuté,
M'auoir fait vne tellé grace
Que faut il pour vous que ie face,

LEANDRE

M'acorder l'obiet de mes veux
Si vous voulés me rendre heureux,

LE DOCTEVR

Oüy ie vous l'acorde Leandre

LEANDRE

Tout vient à point qui peut attendre,
Monſieur - - - - -

LE DOCTEVR

Ma fille aprochés vous
Leandre ſera voſtre eſpoux,

✤✤✤ ✤✤✤ ✤✤✤ ✤✤✤ ✤✤✤

SCENNE derniere.

ANGELIQVE

O Ciel que ie ſuis fortunée

LE DOCTEVR

Allons conclure l'himenée.

FIN.